ÁNGELES MASTR

Ningun… mía

punto de lectura

Título: Ninguna eternidad como la mía

Barquillo, 21. 28004 Madrid (España) www.puntodelectura.com

ISBN: 84-95501-30-9
Depósito legal: M-585-2002
Impreso en España – Printed in Spain

Cubierta: MGD
Fotografía de cubierta: AGE
Diseño de colección: Ignacio Ballesteros

Impreso por Mateu Cromo, S. A.

ÁNGELES MASTRETTA

Ninguna eternidad como la mía

Uno

Isabel Arango creció intensa y desatada como el olor del café. Había nacido un catorce de marzo, cerca de la estación de trenes de un puerto azul al que desembocaba el inmenso río Papaloapan. La mañana de ese día su madre sintió llegar, junto con los avisos del parto, la primera lluvia de unas nubes que trajeron a la zona el ciclón más fiero que pudo caber en la memoria de aquel pueblo. Llamado de urgencia, su padre caminó bajo el agua las tres calles que separaban su casa de la tienda de mercancías varias en la que se ganaba la vida.

Empapado y febril cruzó el patio y alcanzó la escalera para correr hasta el cuarto en que su mujer paría sin alardes a uno más de sus vástagos. Habían tenido cuatro varones durante los pasados cinco años, la niña llegó por fin haciendo más ruido que ninguno de sus hermanos.

Mientras abría los ojos al mundo de agua que todo lo rodeaba, en la estación del ferrocarril el viento arrancó los techos que cubrían a los viajeros en espera de un tren cuyos vagones quedaron volcados fuera de las vías. Un ruido de diablos caído del cielo estremeció el crepúsculo y no dejó de llover en tres semanas.

Todo aquel barullo no fue sino el inicio de la inquieta y jaranera niñez de Isabel Arango, la quinta hija de un matrimonio de emigrantes asturianos que, trabajando a la par, había conseguido hacerse de la tienda más ecléctica de un puerto en el Atlántico. Lo mismo vendían sardinas que libros de mecánica, novelas, jamón de jabugo, queso manchego, listones, harina, chiles, bacalao, y pan para judíos, cristianos y descreídos. Nunca una panadería había dado tantísima variedad de panes y jamás una tienda de comida se había atrevido con tal descaro y buen orden a dar albergue a un estante con libros, pero aquel era un puerto capaz de libertades y mezclas como no hubo en el país otro mejor.

Jugando como un niño y odiando la costura como una niña, Isabel aprendió lo esencial en una escuela del gobierno que cambió de ideas y reglamentos tantas veces como cambiaron los gobiernos entre 1908 y 1917, año este último en el que se dio al país una nueva Constitución Política y a Isabel un certificado de enseñanza media. Lo que siguió fueron las mañanas ayudando a sus padres en la tienda y las tardes para leer y bailar.

Tenía Isabel un gusto por la danza muy raro en aquellas latitudes. Sin embargo, había dado con una exilada rusa que gastaba sus horas bailando y que en dos años le enseñó cuanto sabía y la ayudó a colocarse entre ceja y ceja la certidumbre de que nada haría mejor en la vida que ser bailarina. Así las cosas, no hubo nadie capaz de interponerse entre ella y su afán de ir a estudiar a la ciudad de México. Un año de ruegos diarios convenció a sus padres de que entre ellos y la contumacia de su hija debía haber todo menos un abismo. Así que le buscaron lugar en la casa de huéspedes de una mujer con la que habían hecho amistad, cuando ella y su marido pasaron una temporada en el puerto. Se había quedado viuda y mantenía su casa frente al parque de Chapultepec dando albergue a quien su entraña le aconsejaba que merecía tal confianza.

En cuanto supo que la hija de los Arango quería vivir en México, escribió poniéndose a las órdenes de la familia y pidiendo que desde ya la niña y sus padres consideraran suya la casa en que ella tenía viviendo más de treinta años.

Desde que Isabel era niña, sus hermanos jugaban a bajarle el aroma desatado con un poco de leche y todavía su padre fue a la estación del tren cargando un vaso con algo de la ordeña matutina para intentar que ella la bebiera antes de irse, pero Isabel tuvo la precaución de no tocarlo, porque temía flaquear frente a los ojos de animal abandonado que su padre ocultaba mirando al frente como si algo se le hubiera perdido en el infinito.

—¿Qué se te pudo ir tan lejos? —le preguntó su madre—. ¿Por qué no te quedas a vivir y a tener hijos en paz?

—¿Para que luego me dejen como yo a ustedes? —le contestó Isabel.

Después la abrazó unos minutos largos y cuando la soltó cruzó los brazos esperando la bendición de todos los días. Su madre creía en el Dios de los cristianos con la misma fe con que hubiera creído en el de los chinos, si china hubiera sido y no asturiana. Así que le puso la mano en la frente y luego la bajó hasta su pecho para terminar de persignarla en silencio. Entonces ella volteó a ver a su padre y le guiñó un ojo.

—Siempre has hecho lo que se te ha pegado la gana, no veo por qué me sorprendo ahora —dijo él mientras la abrazaba como si quisiera acunarla igual que la primera noche de sus vidas bajo el ciclón—. Vete con paz. Te queremos, ya lo sabes.

Isabel subió al tren y sacó la cabeza por la ventanilla. Mientras el hermoso animal de fierro empezaba a girar sus ruedas alejándose despacio de la única tierra y el único mar de todos sus amores, ella se tragó las lágrimas moviendo los dos brazos como si bailara contra el aire.

—Cuídate el corazón —oyó decir a su padre.

—Te lo dejo —contestó ella. Luego metió el medio cuerpo que llevaba de fuera y se sentó a llorar con la cabeza entre las piernas. Tenía diecisiete años, era enero de 1921.

Se dejó acariciar por el aire cálido y salobre aún que la envolvía. En la ciudad de México haría frío, en dos semanas estarían por iniciarse los cursos en la única escuela de danza que su maestra rusa consideraba confiable. Una rara y pequeña institución creada por madame Alice Giron, una maestra francesa de la Pavlova que llegó a México en los arduos días de la guerra y se instaló a vivirlo como si reinara la paz.

Por recomendación de su primera maestra, tan amiga de la francesa como aventureras podían ser ambas, a Isabel la había aceptado sin ponerla a prueba. Le dio tres meses para demostrar que tenía tamaños antes de recibirla en definitiva. El futuro parecía suyo, pero por primera vez lo miró sin desafiarlo. No conocía a un alma de entre las muchas que habitaban la ciudad de los palacios y los lagos, la ciudad de la que salían las guerras y las órdenes presidenciales, la ciudad que despierta a dos mil metros de altura bajo el augurio de dos volcanes.

Isabel viajó varios días antes de verlos la primera vez. Hasta que una tarde apareció en el horizonte la luz enigmática y embriagadora que los envuelve. El Popocatépetl y la Ixtazíhuatl, así supo desde niña que se llamaban. Su madre solía contar la historia de un pariente asturiano que enloqueció al mirarlos y se volvió sin pensarlo hasta Priesca, el pueblo verde y pobre del que había salido a buscar fortuna. Fue por recomendación suya que los Arango prefirieron quedarse en tierras bajas, a la vera del mar, y se lo agradecían. Habían sido felices frente a esas aguas, entre la gente salada y locuaz de aquella tierra. De todos modos se habían vuelto tan mexicanos como cualquiera de los que a diario se dejaban deslumbrar por el cielo cercano a los impasibles volcanes, bajo los cuales encontraron los aztecas un lago con un nopal y encima el águila devorando una serpiente que se acomodó en el centro de la bandera cuando estas tierras pasaron a llamarse México.

Los volcanes aparecieron frente a los ojos de Isabel mientras el tren llegaba a la estación de Puebla, y desde entonces quiso reverenciarlos.

No se atrevió siquiera a preguntarse las razones de su atracción por ellos. Le bastó su imponente belleza para considerarlos cosa sagrada, le bastó saber que ya estaban ahí millones de años antes de que la especie humana llegara al mundo. Impávidos y heroicos, insaciables y remotos. Ellos sí que mandaban en México, nadie que se pusiera bajo su amparo estaría solo en esas tierras. En su nueva vida, se prometió, todas sus pérdidas habrían de pasar por ellos y cuanta historia la conmoviera la sabrían sus abismos. Con semejante convicción perdió el poco miedo que aún rumiaba y se instaló a vivir en la casa de doña Prudencia Migoya, una mujer suave y trabajadora que le hacía honor a su nombre dejándola entrar y salir, comer y dormir a su aire.

—La ciudad todavía está peligrosa —le dijo tras el desayuno la primera mañana en que saldría al mundo—. Ayer estalló una bomba frente a la casa del arzobispo y otra en la tienda de alhajas «El Recuerdo». Pero tú no vas a andar por esos rumbos. Cuida que no te quiten la bolsa y si te la quieren quitar, deja que se la lleven. Baila bien que es lo que importa.

Dos

Viéndola bailar a solas, sin imaginarse que la mirarían, una tarde cualquiera entre las altas paredes del salón que albergaba sus clases, madame Alice, la directora de la escuela, entendió que la índole de Isabel estaba cruzada por la fiebre de quienes viven el arte como una religión. Y no necesitó más para dejarla quedarse a trabajar en el intento de convertirse en profesional. No sería fácil, de cincuenta que ingresaban conseguían permanecer menos de siete. La danza es una disciplina de locos y de jóvenes, por eso Isabel parecía una promesa y cualquiera que la hubiera visto bailar aquella tarde hubiera estado de acuerdo con su maestra en que la vida valdrá la pena mientras haya en el mundo seres capaces de hacer magia cuando profesan una pasión.

No estaban los tiempos como para empeñarse en bailar, aún ardían las brasas de lo que fue su ardiente revolución; sin embargo Isabel bailaba ocho horas diarias y comía una vez al día. Se puso delgada como sardina y ojerosa como un mapache, le brincaron los pómulos y le crecieron los ojos, tenía el vientre plano como un remanso de agua y los pechos firmes y pequeños como duraznos. El cuello se le estiró junto con las piernas y sólo le quedaban los labios gruesos de su abuela materna y la mirada oscura de los Arango como prueba irrefutable de que aún era ella.

Así pasaron casi tres años. La ciudad se dejaba vivir y para Isabel fue fácil llenarse de amigos. No sólo entre sus compañeros de clases, que los tenía de todos tipos: mujeres elocuentes y una minoría de hombres extraordinarios a los que en un país de pistolas les había dado por bailar, sino entre los amigos de esos amigos, casi siempre periodistas, poetas o pintores, pero también uno que otro político y una que otra piruja.

Había en su curso dos muchachos que hacían pareja, y se amaban o peleaban con la misma fruición que marido y mujer. Cuando la cosa se ponía muy difícil uno de ellos dejaba las lecciones con tal de no mirar al otro. Si estaban a punto de una ruptura no iba ninguno de los dos. Isabel se hizo amiga del más joven, un muchacho con la boca suave de una mujer y la hermosa espalda de un hombre. Un muchacho de pies pequeños y piernas largas que cuando en los ensayos la tomaba en sus brazos para alzarla al cielo inalcanzable de las bailarinas, le contaba cómo sufría su corazón en vilo o cuál era la triste incertidumbre de sus finanzas. Al terminar los cursos normales seguían las pláticas en el tranvía que los llevaba hasta una clase de danza regional que no estaba en el programa de la escuela, pero que igual les parecía imprescindible. El muchacho se llamaba Pablo y era un lector desordenado que iba de Rubén Darío a Flaubert y de Jorge Cuesta al barón de Humboldt. Se reunía a tomar tragos con un grupo de hombres que le hubieran ganado la guerra de machos a Pancho Villa y que se emborrachaban con decisión y desafuero cuatro de cada siete días. Al principio porque sus ideas los obligaban a la tolerancia y después porque aprendieron a quererlo, ellos aceptaban a Pablito en su mesa y jamás hacían bromas sobre sus gustos de sexo y profesión.

De vez en vez, hasta iban a verlo bailar cuando se presentaba en público.

En una de esas noches, que fue Javier Corzas, poeta y telegrafista, descubrió la fiereza deslumbrante con que se movía Isabel Arango. Bailaba dentro de un grupo, pero él pensó que era ella quien perfumaba el aire por el que iban cruzando su precisa cintura, su espalda pequeña, sus brazos largos.

En la segunda mitad del programa, Isabel bailó una coreografía para ella sola que había dependido de su propia inventiva. Era un tristísimo cantar mexicano que cuenta los pesares de una mujer borracha que debe dejar su pueblo y su amor, para irse a la ciudad siguiendo el destino de su patrón. Isabel empezó el canto moviéndose con la finura un poco rígida que impone el ballet clásico, subida en unos zapatos de puntas romas sobre las cuales giraba como una muñeca de cuerda, presa de una incipiente borrachera. Luego, mientras seguía bailando se desató los lazos que ataban sus zapatos a sus piernas y terminó por tirarlos lejos mientras el juego de sus manos rompía la noche en dos y una luz le iluminaba el gesto haciéndola parecer un sortilegio. La borrachita desgarró su vestido y cayó al suelo donde su cuerpo se estremeció simulando la embriaguez más acongojada y armoniosa que hubieran visto los ojos de aquel público. Los últimos acordes la siguieron a perderse extendiendo los brazos desesperados hacia un horizonte de nada.

Javier Corzas se levantó antes que nadie y aplaudió arrebatado, seguro de que eso era lo más estremecedor y desafiante que alguien había bailado nunca. Tras él quienes llenaban el teatro demostraron estar de acuerdo con aquello que bien podía llamarse un desafuero y lo aplaudieron hasta que Isabel se bajó del escenario y corrió a buscar refugio entre los brazos de doña Prudencia, su gorda y maternal casera. De ahí la separó el llamado de Pablo, a quien Corzas le había exigido que lo llevara junto a ella.

—¿De qué cielo caíste, mujer endiablada? —dijo el poeta—. Bailas como una diosa.

Isabel lo escuchó decir mientras le recorría el cuerpo con los ojos críticos que hasta entonces usaba para mirar a los hombres cuando la elogiaban.

—¿Eres periodista o político? —le preguntó.

—Soy poeta y trabajo en telégrafos. Pero desde hoy me dedico a mirarte.

Isabel sintió que hasta los volcanes estarían de acuerdo en que a ella le gustara aquel hombre. Tenía los ojos de desamparo y las manos largas y fuertes. Una sonrisa cínica y una voz de gitano. Semejante mezcla, lo presentía, era más peligrosa que pacífica, pero no quiso sino rendírsele.

—Te invito a cenar hoy o a comer mañana —dijo él como si ordenara.

—A comer mañana —contestó ella aplazando la fiesta para darse el tiempo de gozar esperándola.

Esa noche se fue a dormir con una borrachera de euforia tan irrefutable como la que había bailado. Era viernes. El sol del sábado la despertó hasta las once con el pelo revuelto y el espíritu reticente. Ya no le parecía tan buena la idea de irse a comer con un desconocido. Además, pensó, ese hombre en la cara lleva escrito el «yo gano siempre y cuando pierdo arrebato».

—No seas miedosa. Siempre es mejor el riesgo que el tedio —le dijo doña Prudencia mientras la acompañaba a sorber su café.

—¿Me lo aconsejas con tu nombre en la lengua? —preguntó Isabel.

—Con todito mi nombre y mis presentimientos, que a veces valen más.

Isabel le dio un beso y volvió a meterse en la cama. No conocía otro modo de exorcizar el mal humor de la mañana, sino repetir el final de la noche y rogar porque el siguiente amanecer fuera con el pie derecho.

Tuvo suerte. Despertó a la una y media recordando sólo el buen gusto del éxito y dispuesta a olvidarse del terror que tal éxito provocaba en el centro mismo de sus entrañas. Ella estaba enseñada a trabajar en silencio, a bailar porque sí, por el placer de hacerlo. El asunto de los aplausos, sobre todo esta vez que habían sido sólo para ella, le daba más desazón que dicha.

Se metió en un clásico vestido de talle largo y falda corta, y buscó los zapatos con los que parecía andar de puntas. Doña Prudencia la revisó al cruzar la sala y silbó para sus adentros.

—Que la vida te guarde esa melena y esos hombros —le dijo. Luego la acompañó hasta la puerta.

Tres

Javier Corzas la vio salir con la luz del mediodía entre los ojos y pensó que sería bueno abrazarla desde ya. Isabel extendió la mano fingiendo un aplomo que no sentía y lo saludó con un gesto de la cabeza.

—¿Cómo te amaneció, borrachita? —preguntó el poeta Corzas.

—Cruda —dijo Isabel con la sonrisa a medias.

—Ahorita te compongo con la mezcla infalible —prometió él tomándola del brazo.

Fueron hasta un lugar, sobre la calle de Correo Mayor, que era al mismo tiempo comedor y cantina. Se llamaba «La barca de oro» y tenía dos secciones. Una a la que sólo podían entrar los hombres que se nombraba «La barca», y otra en la que se permitía la entrada con las mujeres, a quienes honraron llamando «El oro».

Sin preguntarle a Isabel, Corzas pidió dos cervezas, dos tequilas con limón y dos vasos de ostiones.

—No quiero hacer esa mezcla —dijo Isabel.

—¿Qué otra cosa se podría esperar de una niña de su casa? —dijo el poeta—. Va por tu salud —agregó antes de beberse el tequila de un trago. —Así es como la gente se pierde las cosas buenas de la vida. Por puro prejuicio. ¿Qué, el tequila es de pobres, la cerveza de corrientes y los ostiones del mar? ¿Por eso ni los pruebas? Allá tú. Pero nada más imagina de lo que se pierde la gente que no come frijoles porque son negros. Pobre de ti, no vas a pasar de señorita de provincia.

—De señorita sí voy a pasar —dijo Isabel.

—Pues no sé cómo, porque con esos ascos a lo viscoso.

—Chinga a tu madre —dijo Isabel que al llegar a México había descubierto tan sonora respuesta y la usaba con un gusto que le embellecía la boca. Se la enseñó su amigo Pablito la primera tarde en que llegó furioso contra el novio, pero le recomendó que no la dijera más que si quería pleito o tenía mucha confianza.

—¿A chingadazos quieres que nos llevemos? —preguntó Corzas con la sonrisa como un aguinaldo.

—No —contestó Isabel—. Ni te odio ni te tengo tanta confianza.

—Pues qué lástima —dijo el poeta—. La confianza y el odio son dos de los tres vicios que genera el amor. Y eso sí que me gustaría provocarte.

—¿Cuál es el tercer vicio? —preguntó Isabel fingiendo que no escuchaba la última frase.

—La terquedad —dijo Corzas—. La más dañina.

—Y a cambio de sus tres vicios, ¿le ves alguna virtud?

—Sí —contestó el poeta—. Emborracha.

—¡Qué horror! —dijo Isabel. Había bebido su tequila en dos tragos y lo sentía abrasándole la garganta.

—Ni digas, que tú de borracheras no sabes más que bailarlas.

—Mejor —rió Isabel.

—No seas rejega. Te ha de tocar bailar en otra parte. Es ley bailar de amores, embriagarse, ir al cielo con zapatos y sin futuro, no tener miedo de morirse ni de estar vivo.

—¿Es ley? —preguntó Isabel.

—La única ley tangible que conozco —dijo Corzas—. Es ley que de puro enamorado se llegue a no sentir hambre, ni cansancio, a no tratar con el tiempo y sus desmanes, a ser dueño de la luz y de la noche. Salud, mi niña, por todos los amores que han de beber en ti, por la pena y la gloria que te esperan.

Isabel quiso correr de ese hablador que le pronosticaba desgracias y fortunas mientras decía intimidades como quien dice una estrofa del himno nacional. Pero no se movió de su asiento y levantó su nueva copa para beberla.

—Salud —dijo—, porque la vida sea más sobria de lo que te parece.

—Y tan loca como quieres que sea —contestó él.

—¿Vamos a pedir comida o sólo de borrachos pasaremos la tarde? —preguntó Isabel.

—Aquí la comida llega con sólo pedir bebida —dijo Corzas señalando al mesero cargado de tres cazuelas que se acercaba a su mesa.

Durante las siguientes horas comieron, conversaron y bebieron hasta que la tarde los alcanzó creyendo que se conocían desde siempre. Entonces se echaron a caminar por el centro de la ciudad sin más tregua ni guía que su deseo de seguir juntos. La pálida luz del crepúsculo los encontró en el callejón de las tiendas de antigüedades. Ahí donde las joyas y los simples vejestorios convivían sin más diferencia que el gusto del cliente y el capricho del vendedor. Ahí donde las cosas nunca tienen el mismo valor que su precio, y donde entonces eran baratas porque la época despreciaba lo viejo imaginando que nada podía ser más promisorio que el futuro.

Isabel caminó por las tiendas entre objetos extraños, deleitándose con la extravagancia de cuanto la rodeaba. Hasta que al entrar a un salón diminuto su cabeza golpeó con las patas de una mecedora que estaba colgada del techo. Era una de esas piezas de encino que tienen el respaldo y los barrotes labrados. Le faltaba un barrote, pero en el cabezal tenía la cara de un viejo alegre, acorralado por su mostacho y sus barbas.

—Debe ser un buen consejero —dijo Isabel que había pedido que le mostraran la silla y se deleitaba contemplándola.

—¿Quién? —preguntó Corzas mientras pasaba un brazo por los hombros de Isabel.

—El viejo este contestó ella acariciando el respaldo.

—¿Y tú para qué quieres un consejero?

—Digamos que voy a querer un oyente —explicó Isabel—. Desde ahora, pero sobre todo cuando sea vieja. Más aún si voy a emborracharme tanto como predices y emborracharse depende tan poco de uno y si cada borrachera me puede hundir en abismos y noches impredecibles.

—¿Yo dije eso? Ya no me acuerdo. Casi siempre se me olvidan mis discursos, no los tomes en cuenta —pidió él mientras metía sus dedos en la melena de Isabel como si la peinara.

—Me voy a comprar esta silla —dijo Isabel sacudiendo la cabeza como un potro inquieto.

—¿Ahora? —preguntó Corzas.

—Ahorita, en este instante. Con el dinero que me pagaron ayer, con la ganancia de mi primer borrachera y el compromiso de sentarme a conversar en ella cada vez que esté cruda. Este viejo me va a oír —dijo acariciando el respaldo de la silla. Luego se puso a regatear con el dueño de la tienda. Un hombre menos guapo y más pestilente que el de la mecedora, buen conversador y mejor marchante que entre piropos y zalamerías aceptó el precio que Isabel quiso darle a su silla.

—Te agradecería que me concedieras el honor de pagar tu vejestorio —pidió Corzas.

—De ninguna manera. ¿No ves que me urge gastar el primer salario? Lo que sí acepto es que funjas como padrino de mi encuentro con la silla que escuchará mis crudas —dijo Isabel. Luego sacó de su bolsa el dinero y tras entregarlo dijo:

—Ahora falta el ensalmo.

—¿Cuál ensalmo? —preguntó Corzas.

—Uno que yo me sé —contestó Isabel dirigiéndose hacia la pequeña plaza que habían dejado dos calles atrás.

En el camino le contó a Corzas la historia de una bisabuela suya que habiéndose aburrido de más a lo largo de su vida, le heredó a su nieta, la madre de Isabel, la mecedora en que se había sentado a recordar durante sus últimos inviernos asturianos. Además de la silla le dejó un escrito que debía repetir antes de usarla por primera vez y le hizo prometer que lo enseñaría a sus hijas como quien les enseña la única oración necesaria de sus vidas.

Regida por la culpa de no haber cargado hasta México con la mecedora de su abuela, la madre de Isabel había memorizado el ensalmo y había hecho que lo memorizara su única hija.

—Y dice —comenzó Isabel detenida junto a la mecedora que Corzas puso sobre un prado—: Yo, Isabel Arango Priede, me comprometo a vivir con intensidad y regocijo, a no dejarme vencer por los abismos del amor, ni por el miedo que de éste me caiga encima, ni por el olvido, ni siquiera por el tormento de una pasión contradecida.

Me comprometo a recordar, a conocer mis yerros, a bendecir mis arrebatos. Me comprometo a perdonar los abandonos, a no desdeñar nada de todo lo que me conmueva, me deslumbre, me quebrante, me alegre. Larga vida prometo, larga paciencia, historias largas. Y nada abreviaré que deba sucederme, ni la pena ni el éxtasis, para que cuando sea vieja tenga como deleite la detallada historia de mis días.

Cuatro

Tras la última palabra de su conjuro, Isabel dio una vuelta sobre sí misma y extendió una larga caravana frente a su mecedora.

Javier Corzas había oído su juramento como quien oye un desvarío y la quiso besar sin más preámbulo. Las mujeres encuentran asideros en todas partes, pensó, pero no dijo una palabra. Isabel se había enderezado y él la tomó de la cintura y se puso a besarla en mitad del parque oscureciendo. Ella tampoco dijo nada. Se limitó a iniciar el cumplimiento de sus compromisos con el ensalmo.

Esa noche volvió muy tarde a la casa de doña Prudencia. Cruzó de puntas el salón de la entrada y cuando empezaba a subir la escalera oyó su voz saliendo del comedor:

—¿Cómo te fue mi querido ángel de la noche?

—Me fue y me vino —respondió Isabel soltando la risa más permisiva de cuantas se habían soltado en esa casa.

—Diablo de criatura, ten cuidado con tu entrepierna.

—Justo siento como estrellas ahí en medio.

—Conozco ese síntoma y es más peligroso que los deseos de castidad —dijo doña Prudencia persignándose—. Te recuerdo que estás aquí para ser bailarina. No vayas a terminar con una panza como la de tu amiga Esther.

—Pobre Esther, no hizo más que enamorarse —dijo Isabel.

—Sin don, ni tino, ni cuidados —sentenció doña Prudencia—.

Y en esto del amor hay que usar la cabeza tanto como la entrepierna. Ven aquí que te doy unos consejos —dijo, quitando del sillón la ropa que remendaba y abriendo un lugar para que la muchacha se acomodara junto a ella.

Hablaron hasta que la luz del amanecer enceguecíó sus ojos desvelados y luego se quedaron dormidas una contra la otra. El día las despertó dos horas después. Isabel brincó a bañarse y salió corriendo rumbo a su primera clase. Bailó toda la mañana, ensimismada y misteriosa, provocando la curiosidad de Pablito que en el descanso de la primera hora se atrevió por fin a pedirle que se lo contara todo por favor.

—Todavía no tengo mucho que contar.

—No inventes —pidió Pablito—. Te lo ruego, déjame vivir de prestado, cuéntame una historia de amor. ¿No ves que me está secando el abandono?

—Te puedo contar el preámbulo de una historia. No sé otra cosa.

—Claro que sabes. ¿Qué presientes?

—La gloria, pero sin paz —dijo Isabel.

—Mientras no te dejen —suspiró Pablito. Respiraba por la herida de un imprevisto viaje de su novio rumbo a Italia, dizque a estudiar, pero por todos sabido que siguiendo el derrotero de un niño rico que se lo llevó a ver museos para besarlo bajo la luz de otras lunas.

—Mejor que se haya ido ese cabrón mentiroso. Tan horrible que bailaba, tan feo aliento que tenía —le dijo Isabel para distraerlo.

—¿Te parece que tenía feo aliento? —preguntó Pablito a quien la falta de higiene lo horrorizaba como pocas cosas.

—Aliento de sapo —dijo Isabel, yendo hacia las barras porque iniciaba la siguiente clase.

—Díscola. No me contaste nada —se quejó Pablito.

—Cuando haya que contar te cuento —prometió Isabel.

Los meses que siguieron, la vida fue generosa para todos. Isabel dejó que Javier Corzas le tomara la existencia, y Pablito escuchó entre clase y clase toda suerte de milagros amorosos.

Al principio cada descanso estaba lleno de anécdotas en torno al color de la luz que había una tarde y lo frondoso de un ahuehuete en Chapultepec, hasta que el mundo de Isabel se iluminó como ningún otro y Pablo consiguió llegar cerca del penúltimo recoveco de sus emociones para enterarse de cómo iban creciendo y complicándose.

—¿De verdad te besa ahí?

—Y también aquí —decía ella señalando lugares más escondidos.

—Me das envidia.

—Yo también me doy envidia —decía ella abriendo una risa de cometa.

Unas vacaciones Isabel arrastró a Corzas hasta su puerto a conocer a los Arango y a su mar. Como las cartas de su hija llegaban cada día más llenas de Javier el poeta, cuando los Arango lo vieron aparecer con Isabel y la compañía de Prudencia Migoya en calidad de vigilante de recato, ellos lo recibieron con la calidez conversadora que alegraba sus días. Los hermanos de Isabel se habían casado como era debido y la casa frente a la estación del tren tenía recámaras de sobra para las visitas. Corzas y doña Prudencia quedaron cada uno en un cuarto. Isabel volvió al que nunca dejó de ser suyo. Ahí recibía todas las noches la visita clandestina y por lo mismo más desatada que nunca de Javier Corzas y sus manos, su quimera.

Durante el día, el mar lució sus mejores brillos y el cielo no dejó cruzar una nube por su impasible azul. En las mañanas, Prudencia Migoya se sentaba en la tienda a conversar con los Arango hasta la hora de la comida, mientras Corzas y su borrachita caminaban la playa para extenuarla, asoleándose como iguanas o perdidos entre olas con las que jugaban abrazados incluso cuando alguna los revolcaba.

—La próxima vez que veamos venir una muy alta, no me sueltes —le pidió Isabel.

—No seas loca. Nos ahoga. No se puede nadar uno sobre otro —dijo Corzas.

—Todo se puede uno con otro. Anda —pidió ella— que nos maltrate lo que nos maltrate, pero que no logre separarnos.

—Nos va a lastimar —dijo él.

—Nada nos puede lastimar —contestó ella negándose a soltarlo cuando la ola llegó inmensa y los arrastró como si fueran caracolas, llevándolos hasta la orilla entre golpes y raspones.

Con una felicidad de pez, Isabel se rió del susto en los ojos de Corzas.

—Ven aquí que te lamo la sal de los rasguños —le dijo.

—Te puedes quedar sin piernas, borrachita —sermoneó Corzas acariciándole la cabeza llena de arena.

—Pero no sin las tuyas —dijo Isabel y se puso a lamerle un raspón en el hombro.

Volvieron a México tras una semana de amores en la sal, todavía más puestos uno en el otro que al principio. Y la ciudad los cobijó con sus largos días de verano lluvioso.

—La tarde está entrada en sexo —decía Corzas cuando iba por ella a la academia. Y como si no hubiera bailado toda la mañana, Isabel se desnudaba para una danza de prodigios y desvaríos que duraba hasta muy entrada la noche.

Después caminaban desde la calle de Artes hasta la casa de Prudencia Migoya y la entretenían con la ostentación de sus mutuas devociones y con el recuento de sus varias esperanzas. Entre besos y mimos que a Prudencia le provocaban más hilaridad y remembranzas que pudor, le iban contando las últimas noticias mientras la acompañaban a beber su agua de tila. Javier Corzas escribió los únicos poemas alegres de su vida y un editor arriesgado quiso publicárselos. En la academia de danza había un revuelo porque madame Giron, que cada vez era más vieja y más sabia, decidió ir deshaciéndose de sus ahorros y gastaba en preparar una función de gala, condescendía con Pablito y dos muchachas que siempre le pagaban tarde y prometía un viaje para aquel de sus alumnos que demostrara ser el mejor.

—Tú lo vas a ganar —quiso intuir Prudencia Migoya cuando Isabel contó el asunto.

—Yo no voy ni a buscarlo. Estoy feliz aquí, tengo todo por aprender, todo por bailar y mucho que besar a mi alrededor —dijo acercando su boca a la sonrisa con que la escuchaba Javier Corzas.

—Isabel, niña, tú sigues teniendo avidez de virgen —opinó Prudencia Migoya—. Que la vida te la guarde. No hay como desear lo que se tiene a la mano.

—Y al revés —contestó Isabel—. No hay como tener a la mano

lo que se desea. Óyelo bien, Corzas, «por ti contaría la arena del mar» —cantó abrazándolo como si acabara de encontrárselo.

Cinco

Agosto llegó como el agua, inolvidable y diáfano. Los volcanes tuvieron nieve a diario. Y a Isabel le parecieron más elocuentes que nunca. Una tarde subió con Corzas a la azotea de su casa para mirarlos como si le urgiera preguntarles algo antes de que la luz desvaneciéndose ciñera su estampa hasta desaparecerlos.

—Cómo te quiero, Corzas. Me doy miedo —dijo Isabel deteniéndose en él para tomarse un pie con la mano y levantarlo junto con la pierna toda a la altura de su cabeza. Luego giró sobre el otro pie hasta tenerlo enfrente y lo besó sin bajar la pierna ni temblar—. ¿Me haces el amor? —preguntó.

—Estoy a tus órdenes, niña —dijo Corzas.

Bajaron corriendo al cuarto de Corzas, que era el cuarto de todos sus anocheceres, a dar guerra, leer poesía y murmurarse juramentos indescifrables. Cuatro horas después, salieron a buscarse una cena con vino como dos camaradas agotados.

—Sabia virtud de conocer el tiempo —sentenció Corzas de repente. Habían terminado de cenar y bebían una última copa.

—¿Quién dice eso? —preguntó Isabel.

—Un amigo mío que fue capaz de hacer un soneto con la palabra tiempo.

—¿Qué más dice?

«A tiempo amar y desatarse a tiempo como dice el refrán dar tiempo al tiempo que de amor y dolor alivia el tiempo.»

—Ya no sigas, no me gusta tu tono le pidió Isabel.

—Me voy a ir, borrachita —soltó Corzas.

—Adónde que más valgas y cuándo regresas —dijo Isabel jugueteando.

—A España. Me ofrecen un trabajo y la mejor comida del mundo. Calles que son como zarzuelas, toreros como milagros y mujeres que bailan como diosas. ¿Qué más puedo pedir?

Isabel lo escuchó como quien oye una tormenta. ¿Quién era ese hombre? ¿De dónde sacaba esa crueldad de fuego? ¿En dónde estaba el otro, el de hacía una hora, el de la cama con locuras de apenas un rato antes?

—¿Y yo? —pudo decir—. ¿Me quieres explicar, yo qué, de mí qué?

—Tú aquí te quedas a seguir bailando. Y luego te vas de viaje.

—Yo ni madres que me quedo aquí. Yo voy a donde tú vayas. Yo no quiero ser bailarina, ni diosa, ni viajar a ninguna parte. Yo quiero sólo ser tu mujer o tu sombra.

—No digas más, borrachita. Te oyes fatal. Tú eres una bailarina, una mujer que se basta a sí misma y una diosa aunque no quieras serlo. Pero yo no soy de amores largos, ni de quedarme quieto, ni menos de llevarte por el mundo como si fueras mi rabo. Mejor me voy ahora que nos queremos tanto, me voy antes de que le lleguen los vicios a esto que nos ha salido tan bien. Ya nos tenemos demasiada confianza, me voy a ir antes de que nos entren la terquedad o el odio.

Isabel se soltó a llorar con las lágrimas que tenía guardadas para días que no había imaginado. No le cabía en la cabeza, pero menos en la entraña que Javier Corzas inventara irse de su vera. Que de la misma boca, con la misma lengua que apenas le jugaba como un pez entre los dientes, le estuviera diciendo tantísima crueldad como quien dice un padre nuestro.

—Estás jugando ¿verdad? —le preguntó.

—No, Isabel. Me estoy yendo. Ven, te acompaño a tu casa —dijo él levantándose.

Isabel se quedó quieta un instante, mirándolo como si quisiera guardárselo. Luego se levantó en silencio y en silencio caminó hacia su casa.

—Hoy no entro —dijo Corzas cuando ella abrió la puerta. Y fue lo último que de él guardaron los oídos de ella.

Prudencia Migoya la vio entrar desbaratándose en llanto y fingió la misma tranquilidad que si la hubiera visto entrar cantando.

—¿Por qué llora mi ángel? —dijo a sabiendas de que esa mujer no lloraría así más que por el hombre que no había entrado tras ella como todas las noches.

—Se quiere ir —dijo Isabel.

—¿Adónde que más lo quieran? Apenas anoche te adoraba.

—Dice que a un trabajo en España.

—Por favor, ¿quién le va a dar trabajo en España a un telegrafista revuelto con poeta? De eso en España abunda.

—Pruden, ¿qué hice yo mal? ¿Qué le hace falta?

—Le sobras tú, niña —dijo Prudencia Migoya jalándola de una mano para sentarla junto a ella—. Cuando los hombres inventan irse de repente, cuando pasan sin aviso de la adoración al desapego, es cuando ven a su mujer más crecida de lo que soportan. A Corzas le pesa lo buena que eres en tu oficio, le sobra tu avidez, tu certidumbre de que no hay imposibles, tu terquedad y hasta tu certeza de que podrías vivir sin él.

—Mentira, no puedo vivir sin él —dijo la niña Arango.

—Claro que puedes. Y a eso le tiene pavor este hombre, al día en que te canses y lo dejes. Prefiere irse él primero que quedarse a esperar cuándo te vas.

—¿Cómo sabes eso? Yo no quiero ir a ningún lado —dijo Isabel recuperando las palabras.

—Una parte de ti no quiere ir, la otra está yéndose hace rato. No bailas todo el día para quedarte a zurcir los calcetines de Corzas. Ven a la cama. Mañana tienes clases. Y no te preocupes, ellos nunca se van en el primer intento.

—Hablas como si hubieras tenido más de un hombre —dijo Isabel permitiéndose una lenta sonrisa.

—Niña, yo como Rubén Darío, cuando temo estar triste bendigo mi suerte y repito sin culpa: «Plural ha sido la celeste historia de mi corazón». Anda, ven a tu cama. Mañana con el sol veremos hasta siempre.

Por primera vez en tres años, al día siguiente Isabel no tuvo ganas de ir a clases. No había dormido sino un rato y al despertar sintió que el hueco bajo las costillas con el que se fue a la cama había crecido durante la noche hasta volverse un abismo. Salió de su recámara en busca de las luces de Prudencia Migoya. La encontró en la cocina calentando un poco de leche.

—Bébela y corre si no quieres quedarte sin hombre y sin escuela —le ordenó extendiendo el vaso con leche. Isabel lo bebió de un tirón y miró a Prudencia como si fuera un hada madrina. Era gorda y firme, beligerante como un guerrero y cariñosa como un pastel. Usaba unos camisones llenos de encajes que hubieran parecido los de una abuelita común, si no fuera porque en lugar de blancos eran de un rojo desorbitado.

—A veces, de sólo mirarte me dan ganas de creer en Dios —le dijo Isabel dándole un beso. Luego corrió a sus clases.

Seis

Acostumbrada a exigir puntualidad, después de dos retardos madame Giron suspendía para siempre el derecho a tomar clases en su academia. De ahí que no entendiera la tardanza de Isabel.

—Algo terrible debió pasarle —dijo en su español gutural y cantariego.

—O prodigioso —sugirió Pablo entornando los ojos.

—Nada que la quite de aquí puede ser prodigioso —dijo la madame disgustada. Era lunes, llovía.

Isabel entró como una flecha al principio de la segunda clase. Madame Alice la miró con un reproche y no mostró compasión al notar sus ojos atribulados, su gesto huidizo, su cuerpo en congoja. De sobra conocía ella caras como ésa. Las había visto una y otra vez desbaratando la carrera de mujeres que hubieran sido grandes bailarinas y en cambio fueron medianas madres de familia. No les tenía piedad.

—Primer y último aviso Isabel Arango. Este lugar es tu vida o te llevas tu vida a otra parte. Endereza los hombros y párate como si nada te doliera.

—Pero si todo me duele —dijo Isabel.

—Para bien. El arte necesita una dosis de dolor. No nos cuentes tu pena. Menos si es de amores. Vamos. Quinta posición. Misma rutina. Adelante.

La música empezó a sonar como otra orden sobre los oídos de Isabel y ella la siguió urgida de una cura. Había perdido toda la hora de calentamiento y sin embargo podía levantar las piernas más alto que nunca y estirar la cintura como si los hombros se los jalaran desde el cielo. Sus brazos alargados expresaban tristeza y toda ella parecía un ensueño de cristal ardiente, bailando como si no tuviera otro destino.

—¿Te enojaste con Corzas? —le preguntó Pablito una hora después durante el breve descanso.

—¿Él te dijo algo? —preguntó Isabel.

—¿Él, a qué horas? Me dices tú que estás bailando como nunca de bien, como si sólo esto tuvieras.

—Sólo esto tengo —dijo Isabel—. A Corzas lo invitaron a trabajar en España.

—Permíteme que lo dude —dijo Pablito—. Yo lo que oí es que en telégrafos lo trasladan al sureste y andaba como perro sin dueño queriendo hacerse rico para quitarte del baile.

—Tú estás loco, a él le gusta que yo baile —dijo Isabel.

—Un rato, chula, no más un rato. Luego todos quieren cama y cocina caliente.

—Corzas es distinto —dijo Isabel.

—Todos son distintos hasta que se vuelven iguales —dijo Pablito pasándole un brazo por la cintura a su desconsolada amiga.

La maestra se detuvo en el centro del salón y aplaudió interrumpiendo los corrillos.

—Retomamos. Isabel, concéntrate. Estás bailando muy bien como para distraerte —dijo madame Giron haciendo el único elogio que alguna vez le habían escuchado sus alumnos durante una clase. Nunca elogiaba a la hora de enseñar, corregía siempre y cuando lograba que alguien interpretara su corrección haciendo las cosas como ella las quería, dejaba salir un lacónico y extragutural «correcto». Por eso, para Isabel, aquello de «estás bailando muy bien» fue como un bálsamo. La siguiente hora y media bailó aún mejor que la anterior.

—Poquito mejor que correcto —le dijo madame Giron antes de abandonar el salón.

Habían terminado los ejercicios de ese día con una rutina en el suelo. Y ahí se quedaron Isabel y Pablito tomados de la mano, curándose los mutuos abandonos. Ahí los encontró cuchicheando Javier Corzas cuando apareció en busca de Isabel, como todas las tardes de los últimos seis meses.

Al verlo entrar ella rodó el cuerpo y quedó boca abajo, con la cara escondida entre los brazos.

—¿Tan rápido ya te quieres arrepentir de tus chingaderas? —le preguntó Pablo levantándose de un salto y enfrentándolo con la gallardía de un soldado.

—Tú no te metas, cabrón —le dijo Corzas empujándolo.

—Y tú no me empujes, machito de mierda. ¿Qué te crees? Que se puede jugar con la entraña de mi amiga como si yo no existiera. ¿Por qué le inventas que te vas a España? ¿No tienes corazón para ser humilde y aceptar que sólo vas aquí a la vuelta?

—¿Te quieres callar? —dijo Corzas—. Vámonos, Isabel.

—¿A España? —le preguntó Isabel sin moverse del suelo.

—A donde quieras —contestó él tirándose junto a ella y abrazándola como si nada hubiera dicho el día anterior.

—A mirar los volcanes —dijo Isabel.

Luego se levantó riendo, se puso la ropa encima de las mallas y sin quitarse los zapatos de puntas siguió a Corzas rumbo a la casa en la calle de Artes, como si la noche del día anterior hubiera sido una pesadilla olvidada.

—Adiós, débil. Que sea para bien —le gritó Pablo desde la puerta.

No subieron a ver los volcanes. En cambio pasaron la tarde yendo y viniendo por sus cuerpos desolados como si llevaran siglos extrañándose.

—No sé vivir sin ti —dijo Corzas, pasándole un dedo por la espalda—. Quiero que vengas conmigo a donde se me ocurra.

—Todo fuera como eso —dijo Isabel, metiendo su cabeza entre las piernas de Corzas.

Esa noche no volvió a dormir a la casa de Prudencia Migoya. Le avisó que había recuperado la fortuna y que no pensaba perderla. A la mañana siguiente faltó a clases y también a la siguiente. Por una semana nadie supo de ellos. Pasaron los días mirándose las risas y las noches caminando y bebiendo hasta la madrugada.

—¿Adónde te vas cuando bailas como si te perdieras? —le preguntó Corzas a las tres de la mañana del sábado.

—A la gloria —dijo Isabel evocadora.

—¿Y qué tienes conmigo?

—Todo.

—Qué terca eres, Isabel —dijo Corzas—. Déjame ir. Sálvate de mí.

—Métete aquí y no me molestes —dijo Isabel llamándolo a la cama. Habían bebido de más y de más también se quisieron esa noche. Cuando por fin el cansancio los adormeció a uno en el otro, un gallo de pueblo cantó en mitad de la ciudad y los pájaros empezaron su alboroto como si nada.

Isabel despertó por ahí de las doce con el sol picándole los ojos.

Encontró vacío el otro lado de la cama. Se acurrucó diciéndose que Corzas había bajado a la calle por el periódico. Pero tras media hora de espera, un susto le picó el ceño. Se levantó de un salto y caminó hacia la mesa en que Corzas acostumbraba pasar horas leyendo. Le sorprendió un orden que no había el día anterior. No estaba el tiradero de libros y cuadernos de Corzas. En su lugar sólo había una caja de madera de olinalá. Isabel la abrió con más curiosidad que aprensión. Dentro encontró el pañuelo de colores que le habían comprado a una gitana el día que les predijo largos años de amor y felicidad, dos servilletas en las que Corzas le había escrito poemas, el programa del concierto en que estuvieron el viernes, un pedazo de pared desprendido del muro de una capilla colonial cuando se besaban recargándose en él, dos caramelos. Y una carta de Corzas pidiéndole perdón por irse sin ella.

Isabel la leyó sin llorar una lágrima. Luego, se lavó la cara. Peinó sus cabellos en desorden, cargó la caja y salió del cuarto como quien deja el cielo.

Llegó a la casa de Prudencia Migoya por ahí de las tres de la tarde y la encontró comiendo a solas en una mesa con platos y cubiertos para una persona más.

—¿Esperas a alguien? —le preguntó Isabel.

—A ti, mi diablo —dijo ella con una sonrisa grande como una casa de beneficencia pública.

—Podría yo suicidarme.

—Si ese final merece tu historia —contestó Prudencia Migoya.

—¿Y cuál otro? —preguntó Isabel, dejando que unas lágrimas gordas le cruzaran la cara.

—Yo diría que quien ha merecido la dicha puede soportar la desgracia, y que toda emoción santifica.

—Yo no quiero santificarme —dijo Isabel, derrotada.

—Pero quisiste el cielo. No hay cielo eterno. Ahora tienes que soportar el desfalco de perderlo. Pero la tierra también tiene sus encantos. Te voy a dar una probadita de alguno.

Prudencia Migoya se levantó a calentar una sopa de hongos y flores de calabaza. La puso frente al duelo de Isabel con una cesta de tortillas y una cazo de salsa verde.

—No llores y come un poco. No voy a dejar que te suicides de hambre. Te queda mucho por vivir.

—Tengo ganas de morirme —dijo Isabel empujando la sopa.

—Con que tengas ganas de algo —le contestó Prudencia acercándole la cuchara a los labios.

Isabel probó un poco de caldo y luego volvió a llorar durante los dos meses que siguieron a esa tarde. Lloraba camino a las clases y llorando bailaba todas las horas de su rutina diaria. Llorando comía uno que otro bocado de los muchos que Prudencia Migoya le acercó a la boca, llorando se iba a dormir y dormida soñó que lloraba.

—Mientras baile así, aunque llore así —dijo Madame Giron, sin mostrar piedad.

Prudencia en cambio la consentía hasta llegar al extremo de cantarle en las noches para que se durmiera.

—No hay como un arco iris cuando llueve —dijo una tarde abrazándola. Luego empezó a planear una excursión hasta el pueblo de Amecameca en las faldas de los volcanes.

Isabel fue con ella como iba a todas partes, sonámbula y hermosa, llorando.

—Parecen eternos —dijo tras una hora de contemplar los volcanes en silencio.

—Son lo más cercano a la eternidad que conocemos —dijo Prudencia—. Ni tus lágrimas van a durar tanto.

—Ni mis lágrimas —aceptó Isabel. Había dejado de llorar hacía una hora—. Espero que ningún desamor sea tan largo. Pero mi breve paso por el cielo, ese sí que duró tantísimo. Tengo a estos volcanes de testigos. Ninguna eternidad como la mía.

Biografía

Ángeles Mastretta nació en Puebla, México, en 1949. Periodista, poeta y narradora, estudió la Licenciatura en Comunicación en la UNAM. También fue directora de Difusión Cultural de la ENEP Acatlán (UNAM) y del Museo del Chopo.

Ha colaborado en distintos medios de comunicación. Aunque su trabajo principal se centra en la producción literaria, Ángeles Mastretta también ha trabajado con éxito en el periodismo.

Con su primer libro se revela como una poetisa de grandes alcances, *La pájara pinta* (1978). Más tarde reúne sus cuentos en dos volúmenes titulados *Mujeres de ojos grandes* (1990) y *Puerto libre* (1993). Su novela *Arráncame la vida* le ha dado reconocimiento a nivel nacional (Premio Mazatlán de Literatura 1985) e internacional, pues ha sido traducida al alemán, inglés, italiano, francés, danés, turco, noruego, portugués, hebreo y holandés.

Otros títulos de Ángeles Mastretta en Punto de Lectura

Mal de amores

Mal de amores es el relato de una pasión entretejida a la historia de un país, de una guerra, de una familia, de varias vocaciones desmesuradas. Emilia Sauri, la protagonista de esta inquietante novela, nace en una familia liberal y tiene la fortuna de aprender el mundo de quienes lo viven con ingenio, avidez y entereza. Cobijada por la certidumbre de que el valor no es tal sin la paciencia, busca su destino enfrentando las limitaciones impuestas a su género y los peligros de su amor a dos hombres: desde su infancia por Daniel Cuenca, inasible aventurero revolucionario, y en su madurez por Antonio Zavalza, un médico cuya audacia primera está en buscar la paz en mitad de la guerra civil.

Regida por la mejor tradición de las novelas costumbristas, Mal de amores es una novela cuya prosa nítida y rápida consigue arrobarnos con su maestría, mientras nos regala los delirios de una invocación amorosa cuya desmesura nos contagia de futuro y esperanza.

Arráncame la vida
Cuando conoce al general Andrés Ascensio, Catalina es una muchacha que lo ignora todo de la vida. Él, en cambio, es candidato a Gobernador del Estado de Puebla, y sabe muy bien cuáles son sus objetivos de cacique. A las pocas semanas están casados. Pero Catalina descubre muy pronto que no puede aceptar el modo de vida que le impone la nueva situación. No acepta, sobre todo, vivir sin amor. Es una criatura apasionada e imaginativa, casada con un hombre a quien sólo preocupan sus intereses políticos, en un contexto social donde la mujer no pasa de ser una figura exquisita, siempre bella pero siempre al margen de lo importante... Luego ocurre lo inevitable, y Catalina vuelve a amar, y se sabe correspondida, y vuelve a amar, y se sabe correspondida, y vuelve a sentir en su alma todas las ilusiones y todas las esperanzas de ser mujer en un mundo que los hombres rigen de manera despiadada. Pero ante ello quizá no le quede otra alternativa que reclamar, como en la canción popular de que toma título la novela: *Arráncame la vida*.